오늘을
쓰담쓰담

모쿠모쿠 지음 • 배윤지 옮김

arte

시작하며

다정한 사람에게는 다정한 일만 일어나기를.
그렇게 바라며
수많은 사람들이 다정한 마음을 이어가고 있습니다.

슬픈 날이나 힘든 날도
불안한 순간이나 화가 불쑥 나는 순간도 있겠지요.
그래도
당신은 당신 그대로 괜찮습니다.
제가 다가갈 테니까요.

살아가는 방식이나 행복의 정의는 사람마다 다 다를 겁니다.
이 책의 그림이나 문장의 뜻이 모두 와닿지 않아도 괜찮습니다.

"이런 생각을 하는 사람도 있구나."
"이런 게 있을 수도 있겠다."

이렇게 당신을 조금이라도 미소 짓게 할 수 있다면
그것만으로도 행복할 거예요.

이 책을 열어주셔서 감사합니다.
이렇게 만날 수 있어서 참 다행이에요.

바람에 맡겨요. 다 괜찮을 거예요.

높이 올라가지 못해도 멀리 나아갈 수 있고
우리가 닿은 그곳엔
저마다 다른 모양으로 빛나는 행복이 있을 테니까요.

차례

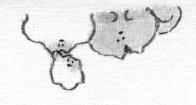

1

다정한 사람에게는
다정한 일들만 일어나게 해주세요

아이스크림을 반으로 나눠주는
흰곰

이야기에 꽃을 피게 해준
바다표범

두더지 잡기 속 두더지들을
구해주는 흰곰

말하지 못해 쌓여 있는 마음을
털어놓을 수 있게 하는 바다표범

여러 가지 풍경을 보여주려고
눈사람을 오픈카에 태워주는 흰곰

눈치채지 못하더라도
혼자서는 불안해하는 사람의 곁에
다가가 있는 햄스터

인형이 아프지 않게
조심조심 움직이는 인형뽑기 기계

꽥 꽥 꽥

오다 노부나가* 앞에서 울지 못하는 두견새 곁에
어느샌가 나타나 대신 울어주는 바다표범

* 오다 노부나가는 성격이 몹시 급하고 과격했다고 알려져있어요. 이렇게 불같은 성격
의 그라면 두견새를 보고 "울지 않으면 죽여버리겠다!"고 말했을 거라고 해요.

괜찮아~!

새로운 환경이 낯선 신입사원에게
괜찮다고 말해주러 온 돼지들

태어나서 처음으로
자신에게 온 편지를 받아본 우체통

시계 속 뻐꾸기에게
가끔은 쉬는 날을 주고 싶은 바다표범

누군가가 용기를 낸다면.

아무리 소문이 무성해도
직접 만나 얘기해보지 않으면 알 수 없으니까요.

눈을 맞추며 이야기하고 싶은 흰곰과 친구들

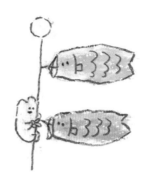

잉어 깃발을
자유롭게 해준 흰곰,

그리고 하늘을 헤엄치도록
도와준 새들

팡팡 쳐서 말리려고 했지만
이불이 아플까 봐 그냥 꼭 안아준 날다람쥐

성냥팔이 소녀에게
손님을 불러 모아주는 판다

꽃놀이엔 경단이죠!

꼬치에 꿰인 경단들이 아파 보여서
구해주고 싶은 흰곰

배구공이 가여워서 시합을 그만둔 날다람쥐

세탁기 속으로 들어가기 무서워하는 아이는
손빨래를 해주는 흰곰

다정한 사람에게는
다정한 일들만 일어나게 해주세요.

매일 고생하는 비행기를 도와주고 싶은
새와 구름 친구들

미용사와 얘기하는 바다표범

옷가게 점원과 얘기하는 바다표범

말 걸지 말아주었으면...하고 생각하는 사람 곁에
어느샌가 나타나 대신 대화를 해주는 바다표범

비 오는 날밖에 모르는 우산에게
맑은 날을 보여주려는 흰곰

이별을 잊게 해주려는 염소

길고양이!
친구!

다정한 길고양이

봄

떨어지는 게 무섭다면 받아줄게.

날이 정말 따뜻해, 일어나.

한가한 시즌을 여유롭게!

36

2

주변이 온통 깜깜해지면
빛을 내는 곳을 알게 되지

혼자서 모두 짊어지지 말 것

열심히 걸어간 발자국을
분명히 누군가는 지켜보고 있을 거예요.

늦은 밤까지 일한 자판기에게
고생했다고 말해주러 온 바다표범

나를 이해해주는 한 사람

야근을 하고 있으면 어느샌가 나타나서
커피를 타주는 바다표범

한숨 돌리는 것도 중요하다고 알려주는 새

3학년 B반

단체 사진을 찍는 날 결석한 친구와
함께 사진을 찍어주는 바다표범

괜찮아요.

나도 그래요.

힘든 사람에게는 도망갈 길을 알려주어요.

마음에 뻥 뚫린 구멍은 이렇게 메울 수 있어.

씨익~

씩~

다정하게 미소 짓는 연습을 하는 사자와
그 마음을 잘 아는 악어

믿으니까 쫓아가지 않을게.
믿으니까 돌아보지 않을게.

옆에 있을고래?

단팥빵 먹을고래?

오늘은 네 곁에 있을고래.

아쉬운 마음만큼 튀어오르게 해주는
바다표범

행복을 가져다주는 사람이
분명히 있을 거야.

우는 모습을
다른 사람에게
보이고 싶지 않은 고양이를
도와주는 구름

눈사람을 만들었어. 얘는 내 친구야.

뭘 만들고 있니?

친구가 생겼네!

더 이상 외롭지 않은 토끼

행복이란,
다른 사람의 행복을 자신의 행복처럼 여기는 친구가
곁에 있다는 것

나는 네 편이야

응원하고 싶어서
사람의 말을 열심히 배우는 앵무새

모두가 있었기에
지금의 내가 있을 수 있어요.

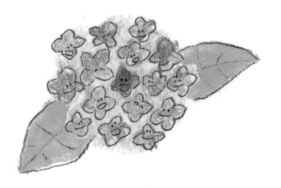

빨리 기운을 내지 않아도 괜찮아.
언제까지든 기다려줄게.

어딘가에 살아만 있다면
그걸로 됐어.

자기와 닮은 친구를 찾고 있는 갓파*

* 일본의 상상 속 동물인 갓파는 오이를 무척 좋아해요.

나는 나야

너는 너야

훌쩍

훌쩍

쓰담

쓰담

나를 잃어버린 것 같을 때 찾아오는 독수리

열심히 하는 사람에게 푸딩을 선물하는 강아지

슬픔에 빠져 주변이 온통 깜깜해지면
빛을 내는 곳을 알게 되지.

여름

웃는 얼굴은 태양 같이 눈부셔.

불꽃놀이 보는 김에
나도 좀 봐줘.

크리스마스를 대비한 채용 면접

3

계산은 쓰담쓰담으로 합니다

혼자서는 잘 수 없는
토끼들

한 마리를 업어주려고 하면
우르르 다 온다니까.

즐거워 보여 부럽지만

여름이 다 지나고 나서야
헤엄치는 해파리

꼭 안아달라는 소를
꼭 안아주고 싶은 날다람쥐들

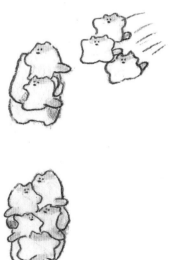

쓰담쓰담 받고 싶어서
물건 맞추기 상자 속에 들어가 있는 토끼

이뻐해줘요!

꺅!

귀엽게 보이고 싶어서
매일 아침 볼을 칠하는 왕관앵무새

누구에게나
응석 부리고 싶어지는 순간이 온다.

잊지 말아 달라고 하지 않을게.
내일 하루만이라도
쓸쓸하다고 생각해줬으면.

쓰담쓰담 받으려고 시계 위에서
알람이 울리길 기다리는 토끼

어서 오세요
←

어서 오세요
←

어서 오세요
←

사람이 오면 기뻐서
마구 손을 흔드는 고양이

제일 좋아하는 곰이 오자
빨간불 시간을 길게 늘린 신호등

이게 뭘까요?

스키...

야키

좋아한다는 말을 듣고 싶었던 펭귄

2쓰담쓰담입니다.

하나 주세요.

쓰담쓰담   쓰담쓰담

계산은 쓰담쓰담으로 합니다.

구멍 났지만 버릴 수 없는 양말

쓰담쓰담 받고 싶어서
시험에서 100점을 맞으려고 열심히 했지만
잘 안 된 토끼

쓰담쓰담...

쓰담쓰담

쓰담쓰담 받을 수 있도록
별똥별에게 소원을 비는 토끼

네가 나에게 말을 걸어주었던 순간은
이불처럼 따뜻하고 부드러웠어.

날 사랑하나요?

먹히기 전에
사랑을 확인하는 아이스크림

집은 찾았지만

그새 경찰관과 정이 들어

헤어지는 게 슬픈 고양이

솜사탕을 다 먹어버린
아이를 기쁘게 해주려고

솜사탕인 체하는 구름

서로를 무척 좋아하는
고양이와 물고기

쓸쓸해지면 죽는다는 미신을 이용해서
조금이라도 더
곁에 있게 하려는 토끼들

꿈에서라도 만나고 싶어서

자기 전에 사진을 보며 눈에 새기는 펭귄

흰곰에게 먹히고 싶어서
가지 않고 기다리는 레일 위 초밥들

다정한 귀신과
겁 많은 병아리

여름이 끝나도 곁에 있고 싶은 선풍기

"안녕, 오랜만에 만났네."
"멋 부리지 않으면 보러 와주지 않잖아."

도토리가 연못에 빠지지 않도록
지키고 있는 흰곰

착한 아이 목록을 작성하기 위한 조사

4

마침내 만난 빛은
더 따뜻할 거야

지금은 아니어도 언젠가 커다란 꽃이 필 거야.

앞으로도 우린 계속 만날 테지만
지금 이 순간의 너와는 두 번 다시 만날 수 없어.

그 아픔을 아니까 도와줄 수 있어.

어떻게 해야 할지 모르겠다면
아무 생각 말고
시간의 흐름에 몸을 맡겨봐.
나은 방향으로 가게 될지도 몰라.

원숭이도 가끔 나무에서 떨어져.
그렇다고 실패한 건 아니야.

나의 힘듦과 저 아이의 힘듦을 비교하지 말자.
그저 옆에 있어줄 것.

지금 겪는 슬픔이

언젠가

벽을 넘는 힘이 될지도 몰라.

다정한 마음은 어느 날 누군가의 품에서
자그마한 꽃이 될 거야.

내일이 싫다고 울지 말아요.
오늘보다 더 나은 날일지도 몰라요.

당연하게 생각한 것이
오늘도 당연하게 있어줄 때.

고마워, 행복아.

행복을 정해놓지 말 것.
목표도 중요하고, 꿈을 이루는 것도 좋지.
하지만 네가 그린 길과 멀어졌다고 불행한 건 아냐.
목표를 향해 오르는 도중에 마주친 풍경에서
새로운 행복을 발견할 수도 있으니까.

언젠가 슬퍼질 거라고 걱정하고 있을 새가 어디 있어?
너무나 소중한 지금.

무엇이 다음으로 이어지는 힘이 될지는
아무도 모를 거야.

실패하면 더 강해질 거예요.
공부가 될 거예요.

좁은 세상에 널 가두지 마.
하늘은 훨씬 넓고,
넌 더 멀리 날 수 있어.

행복이 있는 방향으로 가게 해달라고 기도할 거야.
어떻게 행복으로 이어질지는,
아무도 알 수 없으니까.

다른 사람이 보는 세상에
꼭 맞추지 않아도 돼.

내가 보는 세상도,
네가 보는 세상도

모두 멋지고 소중한걸.

우뚝 솟은 산을
꼭 넘어야 할 때가 있지.
넘어가기 어려워
어두운 터널 안을 헤맬 수도 있어.

언제 나갈 수 있을지 지금은 모르더라도,
언젠가는 밝은 빛에 닿겠지.
어둠을 견디고 마침내 만난 빛은 더 따뜻할 거야.

허들을 낮추면
행복으로 가는 길이 넓어져.

말이나 행동은 돌아오기 마련.
나쁜 것도, 좋은 것도.

튕겨내는 것도

받아들이는 것도

모두 다 내 마음

의외로 가까이 있는 행복을 깨닫지 못한 걸지도.

열심히 하면 자신감도 생기고
결과도 따라올 거야.

공부를 잘하는 것도 중요하지만
다른 사람의 기분을 잘 아는 것도 중요해.

겨울

크리스마스까지 계속되는 야근

배달 당일을 위한 회의

지금 가고 있어요.

보호자의 협조도 중요합니다.

가끔은 차도 얻어 마셔요.

모두 고생했어요!

마치며

열심히 해도 생각만큼 잘 되지 않고,
너무 슬퍼 미소가 점점 사라질 때
다정한 마음이 날 구해주었습니다.

그 마음이 너무나 따뜻해서
"슬픈 일이 있어서 다행인지도 몰라"라고도 생각했습니다.

이런 생각도, 그림에 담은 마음도 모두
지금까지 겪은 일과
저에게 다정한 마음을 건네준
사람들이 있었기 때문에 가능했습니다.

이 책을 읽어주신 당신에게도 감사의 마음을 가득 전합니다.
당신에게도 다정한 일만 있으면 좋겠습니다.

해가 지는 것처럼 우리에게도 시무룩한 날이 있겠지요.
하지만 해는 또 뜰 테고
우린 다시 행복할 수 있을 거예요.

오늘을 쓰담쓰담

1판 1쇄 인쇄 2019년 6월 22일
1판 1쇄 발행 2019년 6월 29일

지은이 모쿠모쿠
옮긴이 배윤지
펴낸이 김영곤
펴낸곳 아르테

문학미디어사업부문 이사 신우섭
문학사업본부 본부장 원미선
책임편집 인수
문학기획팀 이승희 김지영 이지혜
문학마케팅팀 정유선 임동렬 조윤선 배한진
문학영업팀 권장규 오서영
홍보기획팀장 이혜연 제작팀장 이영민

출판등록 2000년 5월 6일 제406-2003-061호
주소 (우 10881) 경기도 파주시 회동길 201(문발동)
대표전화 031-955-2100 팩스 031-955-2151

ISBN 978-89-509-8177-8 03830
아르테는 (주)북이십일의 문학 브랜드입니다.

(주)북이십일 경계를 허무는 콘텐츠 리더

아르테 채널에서 도서 정보와 다양한 영상자료, 이벤트를 만나세요!
네이버오디오클립/팟캐스트 [클래식클라우드]김태훈의 책보다 여행
페이스북 facebook.com/21arte   블로그 arte.kro.kr
인스타그램 instagram.com/21_arte   홈페이지 arte.book21.com